JN123423

印刷詩集

龍 秀美

花乱社

装丁・レイアウト：花乱社編集部

印刷詩集●目次

印刷詩集

8-9

[写真植字]
1992.3

三月のうた

"りょうかん"って書体があるの
知ってるよね？
つるつると柔らかく
ぽかぽかとあったかい仮名の文字

三月の春風の吹く野原で
子供たちとマリつきしてた
良寛さまが書いたタイポグラフィ
一生びんぼうで　ひっそりとガンで死んだ
江戸時代の坊様の字が
いまファッション雑誌を華やかに彩ってる

この世ってほんとに面白いね

10-11

［オフセット印刷］
1992.9

I Love OFFSET

付いて離れる　離れて付く
だから　off-set
まるで　男と女

キリリと焼かれた金属板に
しっとりとインクが吸われて
ゴムローラーの柔らかな肌に
そっと移されると
ローラーはクルリと紙面にそれを置く
くちづけのような優しさで……

付いて離れる程良い距離が
二人の愛を育てている

12-13

[印刷営業]

1993.3

EIGYO

吹けば飛ぶよな
インクと紙に
賭けた命を
笑わば笑え
談合競合
何するものぞ
博多意気地を
見せてやる

あの手この手の
作戦胸に
東奔西走
今年も暮れた
印刷メディアの
でっかい夢に
熱い世紀が
見えてくる

14-15

［カラー分解］
1993.7

COLORFUL WORLD

もしも黄色だけの　世界だったら
バナナは見える　ミカンも OK
でもぶどうは見えない　困ったな

もしも赤色だけの　世界だったら
シグナルはいつでも止まれ
パパの顔もまっ赤　怒ってばかり

もしも青色だけの　世界だったら
湖のように静かな街
おさかなみたいに人が行き交う
でも地球のあちこちで
流されている血が見えない

魔法みたいに世界を分ける
とっても怖い人がいる
でも大丈夫　しばらくすると
ニコニコしながらバラした世界を
もっと美しい色にする

その魔法使いの名は
カラー分解のオペレーターさ

16-17

[写真製版]

1993.11

光と影

非常に細かい格子(メッシュ)の網をくぐった光は
丸い点となって像を結ぶ
無数の点が寄りあつまって
あんなきれいな写真(カラー)になる

どうしてそうなるのか現代科学でも
いまだによくわかっていない

わからないままくぐった格子の向こうに
またわからない電子の網があって
その向こうでニコニコ笑ってる人がいる

あれは神さまという方ではないかしらん？

18-19

[出版]
1994.1

書　物

「世界は開かれた書物だ」
ある西洋の詩人が言った
「書物は閉じられた世界だ」
ある日本の詩人が言った

世界の一隅を耕すように
わたしたちは書物を作る
汗を流して知識の草を刈る
むかし　鉛の文字を積み上げた
たくさんの先輩たちに感謝しながら
わたしたちは光の文字を組み上げる

20-21

[DTP]
1994.4

Hi ! Mac.

〈TAIKI GAMEN Ⅰ〉

クルル・クルルと夜明けの鳩の声
思わず天窓を見たけれど
Mac の画面で仔猫が遊んでいるだけ

花咲く野原で蝶々を追う
でも永久に蝶はつかまらない
だからやさしい　だから安心

でも Mac お願いだから
一度わたしを抱きしめて
それとも　わたしを引っ掻いて
いつか露地裏で
わたしを立ちすくませた
金色の眼の野良猫のように

22-23

[DTP]
1994.6

Hi ! Mac.
〈TAIKI GAMEN Ⅱ〉

べれる・めくまる・てくる
くぐれる・はいつくる・へぐれる
光の網がそんな風に変化する

ヘララ・ヒララ・ハララ
ホレレ・ヘレレ・フルル
ハイテク・モモンガーは空を翔ぶ
コトバのむこうへ
イメージの水虫のムズムズするところ
快感の皮フのあいだへもぐりこむ
イミのハラワタを裏返して
時間のセボネを
(A・Haa……n)
滑り降りたりする

24-25

［撮影］
1995.3

カメラ・アイ

レンズの中を風が吹く
駆けていく子供の背中にも
僕の網膜にも
日射しの玉が遊ぶ

カメラは識っている
光が感性であることを
光は声　光は意志　光は笑顔
光は涙　光はすべての人の生活
そして　それらの光を保つには
暗室の静かな闇も要ることを

26-27

［文字組版］
1996.1

ル　ビ

活字の大きさの単位が
定められていなかった昔
アメリカなどではそれを宝石の名で呼んだ
──あっ、そこダイヤモンドでいって……とか
──エメラルドの方が見やすいんじゃない？
とか言ってたわけだ

ルビーは 5.5 ポイントの活字のこと
五号活字の横に付けると
振り仮名にちょうどよかったらしい

良いねェ！
昔は気分が豪勢だったに違いない
活字とそれで作られた書物が
宝石のように貴重だった昔

でも　言葉は磨きさえすれば
いまだって宝石になる
キラキラ光るコトバを話そう

28-29

[装幀]
1996.4

装　幀

あじろ　らせん　むせん

こぐち　のど　つか　みぞ

ひら　みきり　ちり　おび

ききがみ　あそびがみ

まるせ　かくせ　つきつけせ

はなぎれ　かくぎれ　すぴん

折本　綴本　巻子本
おりほん　とじほん　かんすぼん

粘葉装　胡蝶装　旋風葉
でっちょうそう　こちょうそう　せんぷうよう

列帖装　綴葉装　南京装
れつじょうそう　てっちょうそう　なんきんそう

麻の葉綴　亀甲綴　大和綴

三つ目綴　四つ目綴　仏蘭西綴

［工程管理］
1996.7

丁合い

サイコロの天と地の数を足すと
どれでも七になる
刷り本の左右のページを足すと
どこでも同じ数になる

サイコロをころがして
運命の女神が割り付けをする
折って天地を重ねると
本になって立ち上がる

ほら　ネ
この世の丁合いがとれたわけ

32-33

[仕上げ]
1996.11

断　裁

切り方ひとつで
違ってくるもの

角度をつけて　すくいとる
これはメロン　または俳句

歌うように　流れるように
せんぎり大根　あるいは短歌

切り口がなめらかに光るように
お刺身　それから詩

慣れたやり方
みんながするから
マニュアル頼み
自分の側しか見ないこと

断固として切らねばならないこともある

34-35

OH! カミよ

火に強い紙
水に強い紙
摩擦に強い紙
僕に強いカミさん

臭いを取る紙
油を取る紙
不純物を取る紙
赤ずきんちゃんをとるのは
オオカミよ

熱を発する紙
匂いを発する紙
遠赤外線を発する紙
わたしたちの手を経て
メッセージを発する
すべての紙

36-37

［文字組版］
1997.4

白い闇

白い紙の闇に
光がさしている

ページを開けば
きらめく言葉のシャワー

千年まえの
十二ひとえの姫君の恋も
バラのトゲで死んだ詩人の涙も
色あせず　すり減らず
紙は伝える

筆　木版　活字　DTP
生まれ変わり　死に変わり
紙の白い闇にことばの光がさす

38-39

［インターネット］
1997.7

インターネット

あのみち　このみち　夜がふける
夜がふける
いま見た画面に　もどりゃんせ
もどりゃんせ

電話がだんだん　高くなる
高くなる
なんとかしなけりゃ　困ったな
困ったな

アジア　アメリカ　ヨーロッパ
英語をもすこし　やってりゃなぁ
やってりゃなぁ

40-41

［インク］
1998.2

加算混合

加えると色味を増す——インク

加えると明度を増す——光

加えると深みを増す——年齢

加えれば安心を増す——ことば

加わると世界が変わる——こども

加わると幾倍にも増える——愛

42-43

カメのメカ

もしもしカメよ　デジカメさん
世界のうちで　お前ほど
加工の速いものはない
どうしてそんなに　速いのか

なんとおっしゃる　アナカメさん
加工の速い　そのかわり
パソコンなくては生きられぬ
哀しい　わたしの　身のさだめ

百万超える　画素さえも
あなたの階調　越えられぬ
しばらく手に手を取り合って
生きてゆきましょ　この世界

44-45

[製版]

1998.8

JPEG

公園をかこむ　スチールパイプの柵に
だれかがスプレーで落書きしてる
ロケットみたいな絵や
ちょっとエッチなのも

15センチかんかくの　パイプだから
とびとびの絵がらだけど
ふしぎに何の絵か分かる
人間の目ってエライ

あれの間をギュッとくっつけたのが
JPEGだ

柵のすきまから　遊ぶ子供たちや
のうぜんかずらの金色のラッパが見える

柵を見るのも　柵のむこうを見るのも
楽しいことだよね
違うものがいっしょに生きるというのは
ステキなことだよね

46-47

［現像］

1998.10

銀の涙

使い終わった現像液には
まだたくさんの銀が含まれている
バケット一杯の黒い廃液から
銀のネックレスが一本できるのだ
たぶん　ピアスもおまけに

アフガニスタンやパキスタンは銀の主産地で
"侵攻"が起きると現像液が値上がりする

この地方の銀細工は千年の伝統を持ち
サリーの貴婦人を飾る腕輪が
百万円するものもある

先日ある国が　ここの国境で核実験をやった
そのときのキノコ雲は
しずくのかたちをしていた
銀の涙だと　わたしは思った

48-49

[フィルム]
1999.1

アルファルファ

コダック氏は　こだった　いや　こまった
戦争が終わって火薬が売れなくなったのだ
原料の硝酸の山を前にして
アタマを抱えこだっく　いや　抱えこんだ

そのときグッドアイデアがひらめいた
硝酸でできるもの——フィルム!!
世界一のフィルム会社を作ろう!!

コダック氏はそこで又　こだった
いや　こだわった
フィルムには上質のニカワが要る
ニカワをとるには牛が要る
牛のためには牧草が要る
理想的な牧草アルファルファは
こうして生まれた

大草原で牛がもくもくアルファルファを食べる
そこでみんながパチリとやる
戦争よりどんなに良いかわからない
コダック氏のこだわり　ありがとう!

50-51

［製本］
1999.4

顔の本

本のまんなかの綴じた部分を　のどという
のどから　左右へ開いていって
外の空気と触れているところを　小口という
ちょっとすぼめた　小さなくちびる

のどもとを飾るネックレスの　糸かがり
パッチリといさぎよい　中綴じ
静かに沈黙をまもる　無線綴じ

うわくちびると下くちびるがあるように
本にも天と地があり
天金といって金箔を置くこともある
ゴールドに光るルージュ

さて
のどから　くちまでのあいだに
ありとあらゆる本の味わいが詰まっている

52-53

［組版］
1999.7

ぶらさがり

「、」や「。」が
一行の最後の字のあとに来たときは　困る
次の行のアタマにあるとヘンだからだ
そこで　文章枠の外側にそっと置いておく
それが "ぶらさがり"

ヘンなことに詳しくて
あんまり役にはたたず
でも　いないと　ちょっと困る
そんな人を　印刷の世界では
"ぶらさがり" という

「、」や「。」が　もしも無かったら
切れ目が無くて息もつけない
このへんでおしまい！　というけじめも無い
役にたたなくても目立たなくても
"ぶらさがり" はイイな

54-55

[DTP]
1999.10

フォルダ イン フォルダ
―― 数ならぬ身とな思ひそ玉祭―― 芭蕉

フォルダの中にファイル
ファイルの中にドキュメント

わたしの中に
無数の部屋　無数の戸棚

会社というフォルダ
社長　部長　県知事　タレント　文化人
親子　夫婦　男　女
日本人　地球人

最後に残る
生きている　というフォルダ
ただそれだけで充分な深い淵

心のドキュメントを開けば
なつかしい人の声　風の音
精霊トンボの群れも
光の川面をよぎるだろう

56-57

［約物］
2000.1

「‥‥‥‥‥」

今日は朝から！ だったので
──でバスにとび乗ったら
なぜか　？がうしろからついてくる

消しゴムで消しても
なかなか消えないので
とりあえず　隣で寝ていた『　』に頼んで
？を囲ってもらった

バスを降りて‥‥‥　と歩いていたら
遅れそうになって
あわてて会社のドアを開けたら
巨大な ？ が立ちふさがっていて
ゴツンとぶつかった
『　』が居眠りして取り逃がしたらしい
しょーがない　今日は一日「‥‥‥‥‥」だ

58-59

［約物］
2000.6

ハートブレイク 2000

あんなに信じてたのに
♂なんて　もう×

こんど裏切ったら　ウサギといっしょに
∞を連れてタツのところにいくわ

たとえ＝じゃなくて≒だったとしても
♀にとっては同じ
￥も＄も役にたたないわ

ああ㋀㋀㋫㋬㋭㋲㋲
々々々に耐えられるのは♡があるから

♨だっていうからきたら♗だったけど
かなり≠よね

もう　これで〆

60-61

[製本]
2000.9

オードリーの指

このあいだ退職されたＡさんが話したことがあった

何の映画だったか忘れたけれど
オードリー・ヘップバーンが
ワーズワースの詩を朗読するところがあって
そのとき彼女の華奢な指がめくった
大判の書物のしなやかな紙の動きと
ノドまで開く見事な製本にみとれてしまったと

たしかな技術と上質な紙が無ければ実現しない
しなやかなページの一瞬の動き
それが見たくて何度も映画館に行ったという

40年を製本一筋にかけた
Ａさん
あなたのような人に守られて
本当の文化はあると思う

62-63

［カラー製版］
2001.1

RGB

Red Green Blue ——光の三原色
赤　青　黄——絵の具の三原色
初めてチューブの絵の具を買ってもらったとき
大人になったみたいでうれしかった

図画の先生から三原色のことを習って
赤　青　黄だけで絵を描こうと思った
実は　おとなりのえっちゃんが24色なのに
わたしは12色だったので意地を張ったのだ

赤と青を混ぜると紫
青と黄で緑　赤と黄でオレンジ　そこまでは良かった
どんどん色を混ぜていくと　なぜか絵の具は
どんどん　どす黒い色になっていった
えっちゃんのみたいな澄んだきみどりや肌色は出なかった
世の中には理屈どおりにいかないものがあるのを
わたしはその時知ったように思う

大人になると　いろんな欲が増えていく
自分がどす黒くなるのが分かる
RGB ——加わるほど白く輝く光の三原色
歳と共にそうありたい
昨日見つけた一本の白髪が朝の光に輝いたように

64-65

プレゼント

しゃりょうこんざつのバスの中で
前の人が持ってる花束が奇妙にゆれるので
よく見ると
小さいクモが巣を懸けている

上下とか　左右とか　ぷるぷる
糸を震わせて　脚をふんばって
いっしょうけんめいだ
ふと　涙が出そうになる

ある日　目が覚めると　クモになってた
なあんて　ね

前のひとが立ちあがってバスから降りた
あのクモの巣は　どうなるんだろう
誰かに　巣ごとプレゼントされてしまうんだろうか

ボクなら　キミに受け取ってほしい
どんなに小っちゃくても　ボクを丸ごと

66-67

[写真製版]

2002.6

dot

気づかないほど　わずかの光が
生まれる前の　生命のようにまたたいて
それから
いびつな点が円となり
靄か霧のようなかたちが
たちあがろうとしている

となりの円と触れあうかと思うと
もう　わかちがたく結びついて
お互いの一部となり　喜びの声をあげる

そのころ　私たちは
宇宙を見渡す神のように
無数の点の銀河をながめて
うん　なかなか良い写真だねと
うなずいたりしているのだ

68-69

［文字組版］
2003.2

消えたテクノロジー

鉛活字が廃止されたあと
植字歴30年のＴさんは
電算写植室に移った

Ｔさんに聞いてみたことがある
――活字と写植とどちらが良いですか？
――写植ですね。
予想に反した返事が返ってきた
――１ページにたくさん入るんですよ、文字が。
答えは明解だった
――お客さんにとっては電算写植が良いです。
そして、にっこり笑った
――活字は好きですけどね。

あれから十年　文字はDTPに変わった
活字　写植　DTPと三段跳びで
消えたテクノロジー「写植」

今　DTPは奮闘中
いつか言えるように
―― DTPが良いです、お客さんにとって。

70-71

[環境目標]
2003.12

ISO

Mさんが新聞紙を片づけているので
「お掃除？」と聞いたら
「いいえ」と応えが返ってきた
「じゃあ　5S？」
「いいえ」
「え？　5Sでもない？
じゃあ、う〜〜んと　ISO!!」
「ピンポン！」

何もないということを
ゼロという記号で表すことを
アラビア人が発明したとき数学が始まった
人類の文明が一挙に大転換した瞬間だ

新聞紙を片づけることを
『お掃除』から『ISO』と呼んだとき
わたしたちは　同じくらいの大転換を
しているんじゃないだろうか？
人類が初めて地球という道づれと
肩を並べて歩き出したということで

72-73

[祝い事]
2004.3

蛸松月

たこしょうげつ　という
シュールな名前の和菓子屋さんが
春吉商店街にあって
うちの会社では創業以来お祝い事があるたびに
ここの紅白饅頭が配られた

どうして蛸なのか誰もきかないが
一度聞けばぜったい忘れない
松の木にタコがぶら下がって
風に吹かれているイメージが取れなくて困ったけど

昔の人はさりげなくすごい
わたしたちも創業90周年には
お饅頭を食べながらさりげなく
それぞれの胸の中で
まっさらなすごい秀巧社を組み立ててみたい

74-75

澄　心

むかし中国の東北に
マンチュリーという国があって
古い皇帝が支配していた

そこに秀巧社があったのをご存じだろうか
優れた印刷の技術をその国に根付かせたいと
先輩たちが苦心したのを

風吹きすさぶ荒野の工場で
突然襲ってくる馬賊に備えて
枕元に銃を置いて寝たという先輩の話を
聞いたことがある

今襲ってくるグローバリズムという馬賊
コンピュータリゼーションという嵐
私たちは何を枕元に置いたら良いか
何を摑んで立ち上がるのか
もう一度　夕陽の美しい荒野の
吹きすさぶ風の音に
耳と心を澄ましてみたい

76-77

［AM・FM スクリーン］
2007.4

AMRA と FMRA

ある日　アムラとフムラは一緒に森へでかけました
アムラは身長100メートル　フムラは１メートル
アムラは大胆　フムラは繊細
のっぽとちびだけど仲良しです

のっぽのアムラはのっしのっしと歩きます
遠くの獲物を見つけたり　てっぺんの果物もひょいと採る
長いあいだ　森の王様でした

季節が過ぎて獲物は穴にこもり　木々は葉を落とします
こんどはフムラの出番
大きすぎるアムラには見えない
木の洞に蓄えられた色とりどりの木の実や甘い蜜
春を待つ木の芽の艶やかさも
池のさざなみに跳ねる小魚も見逃しません

夜の丘に並んで寝ころびながら
遠い宇宙から来る星の光に
二人は感じていました
光も風も波も　自分たちと同じ仲間だということを
新しい世界が
いま目の前に開けていくことを

『印刷詩集』によせて　印刷・出版の激動期を振り返る

坂口　博

かつて印刷といえば「活版」が当り前だった。

　もちろん、漱石『坊っちゃん』に登場する「蒟蒻版」や、一定の世代以上にとっては、学校現場などで日常に接した「謄写版（ガリ版）」といった印刷方法はあった。だが、正式な印刷物、ことに書籍・雑誌など公刊出版物では、凸版活字による印刷が前提とされてきた。1945年以前の冊子に、時折「印刷をもって謄写に代える」と表紙に注記したものを見るが、それは内務省検閲を経る必要のない、内部資料の少部数の活版印刷物であることの表明である。

　また、現在でも、奥付に、発行年月日だけでなく、五日ほど前の印刷年月日を記載する出版社が見られるが、それは検閲時代の必要事項が慣習化したものだ。そもそも、日本独自の「奥付」も江戸期の出版検閲に遡行するようだが、これは書誌を採る上では、役立つので継承したい。それにしても、印刷年月日は不要である。

　　　　　＊　　　＊　　　＊

　著者・龍秀美は詩人として知られる。

　日本語文学において、現代詩だけでは、生活できないことも知られている。

　学校教師や、銀行員や、大企業のサラリーマンなど、意外と堅実な生き方が見られる。久留米の詩人・丸山豊の本業は医者、伊万里出身の犬

塚堯は朝日新聞の記者だった。福岡では、夢野久作の三男・杉山参緑が、自作詩集を売ることで糧を得る、そのような詩人の生涯を全うした。もちろん、それだけでは生計の維持は困難ではあったが。

1948年生まれの龍は、長く印刷会社に勤務していた。そのことは知っていたが、お互いに現役時代も、仕事の詳細を訊いたことがない。秀巧社は印刷だけでなく、雑誌や書籍も出していたから、おそらく編集にも携わっていると推測はしていた。

わたしは、1992年から2013年まで、福岡市の創言社という小出版社で、編集長を務めていた。40歳近くなっての転職で、著者とは携わった期間の長さは比べようがない。それでも、同世代として、印刷・出版に関して重なる体験が多く、この「解説」を引き受けた次第である。

詩集を見る前に、印刷・出版を文学作品のなかから、いくつか拾ってみよう。

印刷所を舞台とした著名な小説に、徳永直『太陽のない街』（1929年）がある。ただ、これは労働争議が物語の中心であって、工場現場は少ない。むしろ、山本有三『路傍の石』（1937年）のなかに印刷現場が出てくる。主人公・愛川吾一少年が東京に出て最初に働くのが、文明堂印刷所の「文選見習い」だった。

80-81

　半としほど過ぎると、吾一もだいぶ仕事に慣れてきた。しかし、文選の仕事は、なかなかやらしてもらえなかった。文選工として一人まえになるには、三、四年はかかるのである。仕事も相当めんどうだが、一つには、早く一人まえにしてしまうと、給料を出さなければならないから、工場では容易に職工にしてくれないのである。

文選見習いから文選工、さらに植字工、印刷工と「職工」も分業だ。ちなみに「文選」とは、原稿に即して必要な活字を拾う仕事で、活字棚の前に立って、ケースの鉛の重たさに耐える重労働だ。

　最近では、編集者を主人公にした映画・ＴＶドラマは多いだろうが、小説では、三浦しをん『舟を編む』（2011 年）が、記憶に新しい。国語辞典編纂に人生を捧げる人々を描き、第 9 回本屋大賞も受賞した。残念ながら、印刷現場を描いた作品は知らない。

＊　　＊　　＊

　この詩集では、ここ 50 年の印刷・出版の変遷を、随所に見ることができる。いや、もっと長い時間の幅で、眺めることもできる。

　「筆　木版　活字　DTP ／生まれ変わり　死に変わり／紙の白い闇にことばの光がさす」（「白い闇」）

　書籍でいえば、写本・木版本・活版本から、近年の電子書籍と表裏一体の刊行書。活字から DTP（デスクトップ・パブリッシング）のあいだには、短期間に終わった写真植字（写植）本もある。龍も「活字　写植　DTP と三段跳びで／消えたテクノロジー」と「写植」を位置づける。DTP からは、オフセット印刷もオンデマンド印刷も自在だ。パソコン内のデジタル・データは、ただちに電子書籍ともなる。

　龍ならびに、わたしが関わったのは活字から写植に変わり、それらが全面的に DTP へ移行する時期だった。龍にもいくつも具体例があるだろうが、わたしが勤めていた創言社では、丸山豊の『月白の道』が、好例となる。

　初版『月白の道』は、1970 年。活版印刷だ。残念ながら福岡市内でも川島弘文社の印刷で、秀巧社ではない。厚い紙なので、活版特有の凹凸

感は、そう目立たない。箱入りのハードカバー角背上製本。

　次の新訂増補版『月白の道』は、1987年。これは版を重ね、98年の第6刷まで出したか。写植で組版、自社工房で印刷・製本をしている。並製本。

　わたしが、最後に担当した仕事は、決定版『月白の道』で、2014年の刊行。DTP組版で、丸背上製本でもあり、福岡市内の印刷所に外注している。

　44年のあいだに、新たに組版をして3度も出したが、その方法が、みな違うのだ。2回目以降は、オフセット印刷だから、もちろん紙面に凹凸感は、まったくない。なお、『月白の道』は、現在は中公文庫（紙版・電子版）でも読むことができる。

　1968年創業の創言社（前身の九州出版文化研究会は64年創設）は、80年に写植機を自社に導入。組版から印刷まで自社工房で対処する体制を、徐々に構築していた。さらに91年には、パナソニック編集機も導入して、写植とDTPの共存時代に入る。広く一般書に写植組版が登場したのは、1970年代に入ってからだろう。71年創刊の講談社文庫は、当初はとても読み辛い印象を受けた。従来の活版印刷の文庫本と比べて、版面のキレがないのだ。こうした欠点は、少しずつ改善されていく。

＊　　＊　　＊

　ここでは、龍の融通無碍さが、遺憾なく発揮されている。演歌「王将」の替歌（「EIGYO」）、童謡「あの町この町」の替歌（「インターネット」）等もあれば、「書物」のように深く考えさせられる作品もある。

　「世界は開かれた書物だ」と言った西洋の詩人とは、フランスのマラルメだろうか。鈴木信太郎によれば「世界は一冊の美しい書物に近づくべ

くできている」との言葉を残している。

「閉じられた世界」とは、龍に訊ねたところ高橋睦郎の言葉。

日本の詩人では、長田弘が「世界というのは開かれた本」（詩集『世界は一冊の本』）とする。龍の言葉、「わたしたちは光の文字を組み上げる」。そう、DTP組版は、鉛の文字ではなく光の文字なのだ。「dot」で指摘するように、光の無数の点が、文字となり写真となる。

そのようなテクノロジーの変化のなかで、人々はどのように生きたのか。

龍の詩世界で見逃せないのは、働く「人間」への、あたたかい視線であろう。

「オードリーの指」では、映画のなかの「ノドまで開く見事な製本」に憧れる製本職人が登場する。そして、「消えたテクノロジー」では、植字工から電算写植へと配置転換となる職工が描かれる。

これは、全世界的に進んだテクノロジーの「進化」だった。日本国内でも、東京の大手印刷会社では、次のような事態が起きている。

1990年代の中頃、有数の巨大印刷産業が都心北部に構える大工場の奥深く、輪転機に乗る前段階の印刷版下をチェックする現場にいた私は、200人以上の人間、100台近い機械、20を超える関連企業が1年ほどで一挙にスクラップ化される場面に立ち合うことになる。

活字の印影を写真として写す写植機から印字された版面を糊と鋏で切り貼りし、印刷フィルム製作用の原型を組み上げる版下製作部門。その一連のセクション全体がDTP化に伴って廃棄された。この工程そのものが社内下請企業の統括であり、その窓一つない大部屋に孫請会社が数社で数十人、機械持ち込みの個人契約オペレイターが数十人、

その間に私たちのような社内アウトソーシングの派遣者たち数人の席がある。さらに工場の周囲に散らばる十数社の営業担当たちが出入りして、活況時には夜遅くまで常時100人を超える賑わいを見せていた部門全体が3社を残して完全に消える。コンピュータ化による印刷プロセス大転換の詳しい日程は孫請以下の誰にも知らされていなかった。補償要求を恐れたのである。二人の社長が夜逃げ、その一人は街金のヤクザに追われて自殺、他はほとんど解散、会社処分という結末を迎える。　　　　　　　　　　（平井玄『ミッキーマウスのプロレタリア宣言』）

1990年代、DTP化（コンピュータ革命）は、大企業では、このような悲劇も招いていた。

現代の「太陽のない街」には、労働争議も起きない。まだしも、1960年代の石炭から石油への「エネルギー革命」の方が、炭鉱での抵抗運動が起きている。

　　　　　　　　　*　　*　　*

詩集には、編集にかかわる事柄も見る。

約物など、──（2倍ダーシ）、……（3点リーダ2倍）といった基本が守られない書籍が多くなった。ことに、ワープロ・ソフトの普及で、著者原稿がそのまま組版に使われるようになって顕著である。そもそも、字体も「鴎外が剥げた蝉を掴んだ」と平気で、「嘘」字が使用されている。ここは、「鷗外が剝げた蟬を摑んだ」が、「印刷標準字体」である。嘘字は「拡張新字体」とされる（活字時代に嘘＝偽字体がなかったわけではない）。

もちろん、旧字（正字）・新字の違いや、常用漢字・人名漢字の許容範囲、異体字など、文字組版の悩みは尽きないのだが、編集や校正の専門

家でも、完璧を期すのは難しいだろう。

　インターネットの世界では、いずれ紙の本がなくなると極論する方もいる。また編集者不要論も根強い。しかし、どちらも誤謬だ。

　思考するための読書は、同時にいくつも参照する必要が出てくるので、印刷本でないと不便だ。パソコン画面では、限界もあり、複数画面の表示が可能にしても、印刷物にはかなわない。機能的に劣るのだ。

　同様に、編集者の手を経ていない印刷物は、版面の美しさ、読み易さに違いを見る。先に指摘した字体の問題など、気にしない時代・事態になっても、素人の作成した物との違いは歴然としてくる。

　最後になるが、写真製版やカラー印刷の話も出てくるが、わたしは、これらに関しては、ここ50年の「進化」を語ることができない。ただ、編集仕事の傍らで見ていても、激変と一言で片づけるわけにはいかないようだった。また、「澄心」には、秀巧社が旧満洲国にも「進出」していたことが語られる。こうなると、もはや50年の幅に収まらない。

（火野葦平資料の会会長／著述家）

あとがきに代えて

　この詩集は、わたくしが勤務していました秀巧社印刷株式会社の社内報「秀巧だより」に、印刷に関係することを詩にして連載したものの抜粋です。2007年7月に秀巧社創業90周年を記念し小冊子にして社内で配布されましたが、それ以外では人目に触れておりません。

　今回、埃を払って一冊の本にしてみようかと思い立ったのは、この時代が意外に面白く感じられたためでした。坂口博氏の懇切な解説にある通り、この時代はあらゆる分野で技術の大きな転換がありました。ひとくちで言うとアナログからデジタルへの歩みです。

　特に印刷分野ではこの歩みが段階を追って"目に見えるかたち"で行われました。15世紀からの500年の歴史を持つ鉛活字による印刷はわたくしが入社した当時はまだかなり行われていました。しかし写真植字とDTP（デスクトップ・パブリッシング）がその命脈を途絶えさせました。その後のデジタル化の勢いはご存じの通りです。

　その一大変化の時代を偶然にもすっぽり包み込むようにして15年間書き続けた「印刷の詩」です。

　その間わたくしには現代詩を書いているという意識は無く、目前の作業をぽつぽつと、しかし愛情だけは注いで書いたという気がします。少なくない年月を共にすごした「わたしの印刷」を振り返ることによって、いわば手触りのある〈「極私的ワーク」の時代〉に浸りたい思いが今さらながらとも思える出版に踏み切らせました。

　文字通り「御笑覧」いただければ幸いです。

　2023年　霜月

龍　秀美

龍　秀美（りゅう・ひでみ）
1948 年，佐賀県に生まれる。
所属：日本現代詩人会，日本文藝家協会，福岡県詩人会，福岡文化連盟
E-mail：bananacookie0@gmail.com

●著書
『詩集 花象譚』詩学社，1985 年　　＊福岡県詩人賞／福岡市文学賞
『TAIWAN』詩学社，1999 年　　＊第 50 回 H 氏賞
『詩集 父音』土曜美術社出版販売，2016 年
『龍秀美詩集 TAIWAN』（中文版）花乱社，2021 年
『詩画集 とうさんがアルツハイマーになった──多桑譚』花乱社，2022 年

●編著書
『一丸章全詩集』海鳥社，2010 年

いんさつししゅう
印刷詩集
❖
2023 年 12 月 25 日　第 1 刷発行
❖

著 者　龍　秀美
発行者　別府大悟
発行所　合同会社花乱社
　　　　〒810-0001 福岡市中央区天神 5-5-8-5D
　　　　電話 092（781）7550　FAX 092（781）7555
　　　　http://karansha.com/
印刷・製本　株式会社トータル・プルーフ
［定価はカバーに表示］
ISBN978-4-910038-85-8